AF311029

BIBLIOTHÈQUE DE LA JEUNESSE CHRÉTIENNE

SÉRIE PETIT IN-12

# LE PREMIER ARGENT

SUIVI

## DE DIVERS AUTRES CONTES

PAR

## M. LOUIS DE TESSON

TOURS

ALFRED MAME ET FILS, ÉDITEURS

# BIBLIOTHÈQUE

## DE LA

# JEUNESSE CHRÉTIENNE

APPROUVÉE

## PAR Mᵍʳ L'ARCHEVÊQUE DE TOURS

## SÉRIE PETIT IN-12

Le Premier Argent.                    1

# LE
# PREMIER ARGENT

SUIVI

## DE DIVERS AUTRES CONTES

PAR

## M. LOUIS DE TESSON

## TOURS

## ALFRED MAME ET FILS, ÉDITEURS

—

## 1877

LE

# PREMIER ARGENT

Eugène était né de parents sans fortune. Mais les heureuses dispositions de son esprit et de son cœur ayant intéressé quelques voisins protecteurs de sa famille, ceux-ci conseillèrent au père de l'enfant de ne rien négliger pour lui procurer la culture intellectuelle dont il paraissait être susceptible, alléguant qu'un garçon si heureusement né ferait assurément un bon usage de la science qu'il pourrait acquérir. Ces conseils furent suivis. Aidés de leurs protecteurs, et plus encore de leur propre industrie, que stimulait la plus vive tendresse, les parents d'Eugène réussirent à lui faire parcourir le cercle entier des études classiques; et, comme sa raison se trouvait mûre, avant la maturité de l'âge, il put, à dix-sept ans, être admis en qualité d'instituteur dans une famille opulente, où il obtint, outre la table et le logement, un traitement annuel de douze cents francs. A la fin du premier trimestre, trois cents francs lui furent comptés. C'était le premier argent qu'il eût acquis par son travail, et jamais, à la maison paternelle, il n'avait vu tant de métal précieux à la fois. On peindrait difficilement la joie d'Eugène lorsqu'il se sentit possesseur de cette petite somme : sa valeur personnelle se révéla tout à coup à son esprit sous des proportions toutes nouvelles; c'était bien, en effet, son mérite personnel que l'on rétribuait ainsi. Il regardait amoureusement ses écus, les comptait, leur cherchait une place sûre dans son secrétaire, les reprenait et les admirait encore. On peut dire que ce moment était solennel; car le bien et le mal luttaient dans le cœur d'Eugène, sans qu'il se rendît compte à lui-même de cette lutte intestine.

A la fin ; s'éveillant comme d'une extase :

« Mon Dieu, dit-il, où en suis-je à cette heure ? Je le sens, je suis ivre, ivre de sotte vanité, et je fais en même temps les folies d'un avare. Vaniteux !... pourquoi le serais-je ? mon intelligence, ce n'est pas moi qui me la suis donnée, et ma science, je la dois à mes maîtres, à mes protecteurs, à mes excellents parents, qui l'ont achetée au prix de leur aisance et du repos de leur vieillesse. Avare !... oh ! non, mille fois non ! Seulement je suis heureux de posséder un peu d'argent qui ne soit pas le fruit des dures privations de ma pauvre mère. Moi avare !... oh ! c'est une indigne calomnie ! Les avares enferment leur or, le placent à usure, ou bien l'échangent contre des champs, des prés, des maisons, où de malheureux fermiers, trompés par d'indignes artifices, viennent se ruiner à la sueur de leur front ; et moi je cours dépenser mon argent à l'heure même. Mais qu'en ferai-je ? Le choix est embarrassant pour un homme qui a besoin de tout. Allons d'abord à la ville. »

A la ville, Eugène vit des merveilles de toute sorte qui redoublèrent son embarras. Je ne sais comment il ne dépensa pas tout son trimestre chez le libraire; la tentation fut violente. Mais enfin :

« Mon choix est fait! s'écria-t-il : un châle et un manchon pour ma bonne mère ! plus tard je me donnerai à moi-même son portrait. »

Et dès le lendemain il alla porter cette offrande à cette excellente mère.

« Je te sais mille fois gré de ton souvenir généreux, dit celle-ci ; mais pourquoi cette folie? Mes plus beaux châles sont des mouchoirs de quatre à cinq francs, et celui-ci en vaut trente pour le moins. Il n'y a rien dans ma garde-robe qui puisse accompagner cela; et, quant au manchon, tant que mes mains ne seront pas entièrement paralysées, il me sera impossible de les tenir immobiles dans cet étui. Ton intention est bonne, mais tu mérites d'être grondé pour ton étourderie.

—Je n'accepte point ce reproche, chère maman, quoique vous ayez toujours bien le droit de me gronder et de me punir comme autrefois. Est-il quelque chose au-dessus de votre mérite, et pouvais-je faire de mon premier argent un usage qui me rendît plus heureux ! Si mon offrande est en désaccord avec le reste de votre ajustement, ne recevrai-je pas quatre fois l'an mes trois cents francs, et n'est-ce pas plus qu'il ne faut pour renouveler en peu de temps votre garde-robe ? Il faut aussi garder le manchon, comme un symbole du repos auquel personne n'a plus de droit que vous. Les mains qui ont si bien travaillé doivent être traitées honorablement. Je veux aussi que mon père ait sa part de mon premier argent : il a trop peu vécu pour recueillir le dédommagement des sacrifices dont mon éducation fut le prix ; mais son meilleur ami lui survit, et la vieillesse de cet ami est cruellement déshéritée ; ce matin même, je l'ai surpris ramassant furtivement les miettes de bois mort que le vent de la nuit dernière a fait tomber dans le domaine des indigents. Exercer la bienfaisance envers le survivant d'une si vieille et si parfaite intimité, n'est-ce pas comme si j'acquittais ma dette envers mon père lui-même? Je veux envoyer dès demain au père Maurice un manteau, une couverture, et quelques sacs de charbon; c'est, je pense, ce que je puis offrir de plus agréable à un pauvre vieillard qui ne peut plus combattre par le travail les atteintes glaciales de l'hiver. Le froid, à cet âge, ce doit être le désespoir et la mort. »

La bonne mère se sentit émue de la joie la plus vive, en admirant chez son fils une piété si ingénieuse et si délicate.

Dieu bénit le bon usage qu'Eugène avait fait de son premier argent; il fut pour toujours préservé de l'avarice et du sot orgueil, et n'estima la fortune que pour les satisfactions qu'elle peut donner à un cœur noble et généreux.

# LA TOILE

Une mère de famille peu riche et très-économe acquit par succession un grand tableau peint sur toile, et d'une valeur artistique fort équivoque. Il descendait d'un grenier où il avait contracté une couleur et une physionomie peu séduisantes.

L'excellente ménagère brisa d'abord le châssis, puis en supputa l'utilité ; et, le menuisier aidant, s'en fit une fort bonne rampe d'escalier. Quant à la toile, qui paraissait solide et faite d'un chanvre parfait, la bonne femme se persuada qu'avec deux onces de potasse, autant de savon noir, et une lessive comme elle les savait faire, il ne serait pas impossible de nettoyer le côté malpropre du tissu, et de le rendre aussi net que celui auquel l'artiste avait fait miséricorde : après cela, elle en ferait des poches solides pour porter ses marrons à la foire.

Mais elle avait compté sans la céruse et le copal : elle eut beau frotter, gratter, froisser; ni arbres, ni rochers, ni faunes, ni naïades, ni dieux, ni déesses ne voulurent évacuer la toile. Les grands yeux de tous ces réprouvés s'obstinaient à regarder fixement l'honnête lessivière, comme si le savon noir de la bonne femme n'eût été dépensé que pour renouveler leur éclat, et réparer les injures du grenier.

Un philosophe, qui se promenait dans la campagne avec un de ses disciples, vint à passer près du lavoir.

« Cette toile, dit-il, est un symbole : lorsque l'habile tisserand qui l'a fabriquée la lança dans le commerce, elle pouvait servir utilement à toutes sortes d'usages; un artiste maladroit a voulu lui donner une valeur intellectuelle, lui incorporer une pensée, un sentiment, un enseignement peut-être ; et maintenant, malgré tout le bon vouloir de cette digne ménagère, il n'est plus possible de rendre à ce tissu l'utilité qu'on lui a si misérablement ôtée. »

Oui, cette toile est l'image fidèle de ces hommes qui, pour avoir été enlevés à leur humble sphère par des protecteurs indiscrets, restent pour toujours déshérités des aptitudes qui leur étaient naturellement départies, et n'obtiennent ni les talents ni la fortune qu'ils avaient ambitionnés. Tel fut sans doute l'auteur de ce tableau.

# LA BOURSE

On était en hiver ; le fermier Dusillon, réfugié dans sa grange, s'occupait avec ses deux fils à battre les gerbes qu'il avait liées au mois d'août. Des bottes de paille superposées muraient à demi la porte du bâtiment, ce qui empêchait tout à la fois le grain d'être lancé au dehors, et le vent glacial qui soufflait du nord-est de pénétrer dans l'intérieur, avec la neige pulvérisée qu'il chassait devant lui en balayant la surface du sol.

Ainsi abrité, Dusillon voyait avec joie le manteau de neige étendu sur ses guérets, et, content de son partage :

« Voyez, disait-il à ses fils, avec quelle facilité et quelle abondance le grain se détache de la gerbe. Nous appelons le soleil d'été le *grand batteur ;* mais, au mois de janvier, la gelée n'est pas un moins bon auxiliaire ; qu'elle dure encore quelque temps, je ne m'en plaindrai pas. Oui, ce blé rend au delà de toutes mes espérances. » Et l'ardeur des batteurs croissait en l'entendant parler ainsi.

Mais tout à coup un bruit argentin répondit aux coups du fléau, et l'on vit briller parmi la paille des pièces de cinq francs.

« Qu'est-ce là ? dit Dusillon ; je savais qu'il y avait de l'or dans ma grange ; mais ce n'est pas ainsi que je m'attendais à le recueillir... » Puis son front s'assombrit tout à coup, et, d'un air de stupeur :

« Dieu me pardonne ! s'écria-t-il ; voilà aussi la bourse que je perdis cet été avec les cinquante francs que j'y avais mis... Pauvre Valentine ! où es-tu maintenant ? et ce rude hiver, comment ta frêle jeunesse pourra-t-elle le supporter ? Peut-être, par ma faute, es-tu réduite aujourd'hui à commettre le mal dont je t'avais injustement accusée !

— Eh quoi ! dit le plus jeune des deux enfants, était-ce donc pour le vol de votre

bourse que vous chassâtes cette pauvre fille?
Je suis encore tout ému de ses larmes et des
adieux touchants qu'elle nous adressa.

— J'avais été le matin à la foire, raconta
Dusillon ; rentré de bonne heure, je fus au
champ pour lier quelques gerbes. Après un
quart d'heure de ce travail échauffant, je dé-
posai mon gilet derrière la haie, à l'endroit
où l'on s'était assis pour la collation, et où
se trouvaient encore des cruches vides. J'en-
voyai Valentine chercher une de ces cruches
pour la remplir ; et le soir, ne retrouvant
plus ma bourse dans la poche de mon gilet,
je soupçonnai la pauvre fille de l'avoir déro-
bée. Il ne me vint pas à l'esprit que j'avais
pu la laisser tomber en me penchant pour
lier une de ces gerbes. Quinze jours après
vint la fête de Notre-Dame d'août. Valentine,
qui ignorait mes soupçons, parut à l'église
avec mouchoir, corsage et jupon neufs.
C'était le premier bonheur de ce genre que
la pauvre enfant se fût accordé depuis que
je l'avais à mon service. Sa joie fut courte :
confirmé dans mes soupçons par ce renfort

de toilette, je congédiai Valentine le soir même, lui refusant impitoyablement le certificat favorable qui eût pu lui ouvrir la porte d'une autre ferme. Désolée, elle quitta le pays pour n'y plus reparaître. Ah! si la neige eût couvert la terre, si la bise eût soufflé glaciale comme aujourd'hui, je n'aurais pas été si cruel.

« Que ceci vous apprenne, mes enfants, à ne pas admettre pour preuves de simples apparences, lorsqu'il y va pour autrui de son bonneur ou de ses plus chers intérêts. »

# LA QUADRUPLE BESOGNE

Colas revenait un soir de l'école avec sa mère, qui chassait devant elle une chèvre et quatre moutons.

« Mon ami, dit la mère, tu es maintenant en âge de nous rendre quelques services ; je me reprocherais d'ailleurs de ne pas t'habituer peu à peu aux occupations qui deviendront un jour ta profession : j'ai droit, tu le sais, de mener paître ce petit troupeau dans les communaux qui avoisinent l'école ; ce soin t'appartiendra désormais, et chaque soir, après la classe, tu ramèneras ces animaux à la ferme. »

Mais Colas, accoutumé à jouer en chemin avec ses camarades et craignant leurs railleries, dit à sa mère :

« C'est bien assez de passer en classe huit

heures par jour; le reste de mon temps peut bien m'appartenir, apparemment. »

Pendant que la mère et le fils contestaient sur cette matière, vint à passer une jeune fille de seize ans, alerte et sémillante, qui conduisait, elle aussi, un troupeau de moutons; sa tête était chargée d'une cruche qu'elle venait de remplir à la fontaine voisine; ses doigts agiles menaient grand train un ouvrage de tricot; et, comme si trois occupations simultanées n'eussent pas suffi à son activité, elle enseignait chemin faisant le catéchisme à un petit frère qui marchait près d'elle.

« Eh bien ! dit la mère de Colas en lui montrant la jeune fille, que dis-tu maintenant de toi-même ? Apprends-le, mon ami, il nous faut tous travailler; et ce n'est rien encore que le travail, si nous n'y joignons la prestesse, la méthode et la vigilance. S'il en est ainsi, je te le demande, quelle sera ta place au soleil dans un pays où de simples jeunes filles acceptent gaiement un quadruple travail ? »

# LE CHÊNE CREUX

Maintenant que l'industrie est partout
éveillée, et que les débouchés abondent, on
rencontre bien rarement dans nos campagnes ces chênes vénérables qui, nous montrant l'extrême décrépitude de la vie végétale,
favorisaient si bien le pieux essor de notre
imagination vers les siècles passés. Tantôt le
tronc du vieux chêne offrait un refuge au
laboureur surpris par l'orage; tantôt le troupeau tout entier y trouvait un abri; quelquefois on y établissait une chapelle, ou bien
l'ermite y faisait sa demeure. Le Bocage surtout était riche en ce genre d'antiquités, et
mille fois des hommes d'un grand cœur,
proscrits pour leur fidélité à l'antique foi,
ont rencontré dans le chêne creux un asile

contre la trahison et la mort. Inutile de dire que nous ne voulons faire ici aucune allusion irritante à une époque historique féconde en grands crimes et en sublimes vertus.

Ne revenez pas dans nos campagnes, Berghem, Ruisdael, Everdingen, heureux amants de cette nature naïve où l'homme n'apparaît qu'en spectateur, et non en tyran; en vain, chercheriez-vous aujourd'hui, sur nos collines et dans nos vallons, les modèles chers à votre mélancolique pinceau.

Le fermier Gilbert revenait du marché. avec son fils Julien, jeune homme de vingt ans; ils suivaient à travers champs un sentier qui longeait les haies vives plantées de grands arbres. C'était l'heure où les paysans, avertis par la cloche de l'*Angelus*, viennent de quitter leurs travaux pour se reposer un instant à table au milieu de leurs familles.

Un forte corde attachée aux branches supérieures d'un vieux chêne pendait au milieu de l'étroit sentier; une hache gisant à terre, et la profonde blessure qu'elle avait déjà faite, aussi bien que les copeaux épars de tous côtés, indiquaient assez que le soleil couchant ne rougirait plus le front du vieil arbre.

« Oh ! oh ! dit Gilbert, branlant la tête, et d'un ton presque irrité, je l'avais bien prévu que notre jeune voisin n'aurait pas les vertus de sa famille.

— Quoi donc ! mon père, reprit Julien, est-on coupable à vos yeux en abattant un vieil arbre qui a déjà vécu cent ans de trop?

— L'arbre en lui-même, dit le père, n'est pas ce qui me touche, quoiqu'il y en ait peu dans le canton d'aussi magnifiques. Mais les souvenirs qu'il rappelle devraient être chers à Bernard. C'est dans le creux de ce vieux chêne que son père a vingt fois trouvé un asile, lorsque, après un combat malheureux contre les ennemis de sa foi, il était errant et fugitif. C'est là aussi que, bien souvent, il alla porter la nourriture, le vêtement et d'utiles conseils à de saints proscrits que le courage du devoir retenait au milieu de leur troupeau menacé; c'est là qu'il cachait les

1*

objets chers à son cœur, et que plus d'une fois ses armes furent déposées. Cet arbre, dont le front se couvrait chaque année d'une verdure vivace, eût pu, pendant un siècle peut-être, raconter encore aux petits-enfants de notre voisin les vertus de leur aïeul et ce dévouement dont les derniers témoins auront bientôt disparu de la scène du monde. C'est une tradition, c'est un monument d'honneur et de vertu généreuse que Bernard ravit aujourd'hui à notre glorieux pays.

— Mon père, dit Julien, que ne m'avez-vous raconté cela plus tôt ? Je regretterai longtemps le vieil arbre que je vénère aujourd'hui pour la première, et sans doute aussi pour la dernière fois. »

Bernard ne démentit point les tristes prévisions de l'ami de son père ; après la ruine de l'arbre, il vendit le toit paternel, et dissipa en bien peu de temps l'héritage de considération qu'aucun de ses concitoyens ne lui aurait contesté, s'il n'eût pris soin d'afficher lui-même son indignité.

Aussi Julien, docile aux leçons paternelles, répétait-il bien souvent :

« Malheur à l'homme qui laisse périr la mémoire des vertus de son père ! »

# L'AIRE

Quiconque a passé les premières années de sa jeunesse dans les campagnes ombreuses de Bretagne ou de basse Normandie doit avoir conservé un agréable, un poétique souvenir de ces réunions formées devant la ferme, dans les plus beaux jours de l'automne, pour achever la dernière et la plus pauvre des récoltes de l'année, celle du sarrasin, autrement appelé *blé noir*.

La matinée a été brumeuse et même froide; mais, un peu avant midi, les vapeurs se sont dissipées, le soleil a repris tout son empire, et l'on se hâte de mettre à profit ses dernières ardeurs pour faire tomber sous le fléau le grain qui doit fournir à la ferme son principal aliment.

Tout est en mouvement : les voisins sont appelés, car ils ont été aidés les premiers, ou bien ils le seront à leur tour ; les enfants en vacances se promettent une bonne et pleine journée ; l'ouvrière qui s'étiolait à la maison, penchée du matin au soir sur le linge ou l'étoffe qu'elle sait blanchir ou façonner, est elle-même conviée ; elle apporte au milieu de ces fronts basanés le pittoresque contraste de son teint délicat, plus semblable au lis qu'à la rose.

Cependant les rôles sont donnés. Quelques hommes vont au champ remplir les chariots, et les ramènent peu après semblables à des collines mouvantes. Le majestueux chargement est renversé au centre de l'aire ; alors les batteurs, réunis par groupes de six ou de huit, tournent autour des gerbettes amoncelées, et frappent en cadence sur celles que des enfants empressés leur jettent incessamment. La paille égrenée, qu'ils laissent derrière eux, est enlevée par les jeunes filles, et forme bientôt un rempart autour de l'aire. Sur cette paille viennent s'asseoir les vieillards, les enfants, et quelquefois le riche propriétaire de la ferme, accompagné de sa famille. On y voit aussi le pauvre malade qui attend avec anxiété l'heure où les dernières feuilles des bois auront été rejoindre celles qui déjà commencent à joncher la terre. Son triste maintien contraste avec les yeux des enfants, qui courent dans l'aire, grimpent, se roulent sur la paille amoncelée, y creusent des voûtes et des grottes secrètes, où ils se réunissent en mystérieux conciliabules.

Lorsque toutes les gerbettes ont passé successivement sous le fléau des batteurs, le balai achève de séparer la paille en débris du grain qui couvre la terre, et rassemble celui-ci en un monceau qui marque le centre de l'aire. Alors on se réunit joyeusement autour d'une collation dont le cidre fait les principaux frais; puis les bœufs arrivent avec un nouveau chargement. On renverse celui-ci sur le monceau central, qui se trouve ainsi recouvert, jusqu'à ce que les batteurs soient venus à bout de cette seconde tâche. Le tas de grain reparaît alors, et se grossit d'un nouveau tribut ; puis revient la collation, suivie d'un nouveau labeur ; et ainsi jusqu'au soir.

Enfin, au moment où le jour baisse, les fléaux retentissent plus bruyants et plus accélérés...; ils se taisent subitement, et aussitôt un cri sauvage, poussé par tous les batteurs à la fois, annonce à toute la contrée que la ferme vient d'achever sa récolte (1).

Le pain de sarrasin, la bouillie de sarrasin, la galette de sarrasin forment la principale nourriture du Maine, de la Bretagne et de la portion de la Normandie limitrophe à ces deux provinces. La galette est le mets favori auquel on convie volontiers les voisins et les amis ; elle est pour le Breton et le bas Normand comme la choucroute pour l'Allemand, et le macaroni pour le Napolitain.

Frédéric, écolier de philosophie, eût cru ses vacances désenchantées, si, rebelle aux

_______________

(1) Les procédés pour le battage du grain sont très-variables ; nous indiquons ici celui qui se pratique dans une partie des arrondissements d'Avranches et de Mortain, pour le blé noir.

instincts de son enfance, il eût délaissé l'intéressant spectacle que nous avons tout à l'heure essayé de décrire. Une ferme peu distante de la maison de son père plaisait surtout à son noble cœur, à son âme candide et bienveillante. Il aimait, en ce lieu, l'activité soutenue des jeunes gens, leur franche gaieté aux heures du repos, et la convenance parfaite de leur langage. L'enjouement plein de modestie des jeunes filles, leur naïve politesse, la familiarité ingénue des enfants, la déférence respectueuse qu'ils témoignaient à la vieillesse, leur contenance attristée en présence de l'infirmité, de la misère ou de la souffrance, tout le charmait.

Frédéric, donc, averti par le retentissement des fléaux de la ferme, était venu, un livre à la main, s'asseoir sur la paille et renouveler amitié avec ses anciens voisins. Il était encore là au moment où furent frappés les derniers coups, où retentit le cri de victoire. Le tonnerre, qui grondait sourdement depuis quelques instants, put alors être entendu des batteurs ; on s'empressa de jeter au vent le grain répandu sur le sol, pour le séparer des paillettes légères, de le balayer vers le monceau central, de le mettre dans des sacs et de le porter au grenier. Frédéric tenait trop à l'estime de ses voisins, se sentait trop excité par leur exemple, pour rester oisif pendant cette dernière scène; il eut constamment un balai ou un râteau à la main.

Bientôt de larges gouttes de pluie vinrent colorer la poussière et donner le signal de la retraite. Mais déjà la récolte était préservée. Tout le monde chercha un abri dans la grange, pendant que la fermière, aidée de ses filles, préparait le souper des batteurs; et, du fond de l'âme, chacun remercia le Ciel d'avoir préservé de tout mal le fruit des travaux de l'homme.

Après une nuit orageuse un beau jour se leva : c'était un dimanche. Frédéric, invité à venir, après vêpres, goûter, sous forme de galette, le produit de la récolte nouvelle, fut exact au rendez-vous.

L'aire, entourée de son rempart de paille,

servit de théâtre à des jeux de quilles, de boule, de galoche, et les jeunes gens se montrèrent aussi excellents joueurs que, la veille, ils avaient été bons travailleurs. Ce fut un grand contentement pour Frédéric de reconnaître, cette fois encore, que la Providence a donné la joie à l'homme des champs aussi bien, et plus généreusement peut-être, qu'à l'artiste aux prétentieux loisirs.

« Mon père, dit-il en rentrant à la maison, pourriez-vous me rendre compte de l'attrait que j'éprouve pour cette heureuse famille?

— J'aime ta question, dit le père; » et, après s'être recueilli un instant, il ajouta : « Vis-tu hier, au moment où le soleil modérait son ardeur, deux jeunes filles préparer sur le bord de l'aire, avec une attention délicate, un siége de paille? Puis elles allèrent au-devant d'un vieillard qui sortait de la ferme, soutenu par une autre jeune fille, et le firent asseoir à l'aise sur l'espèce de fauteuil adroitement disposé par leurs soins au pied d'un monceau de paille. Tu dus remarquer l'air radieux et vénérable de ce patriarche, et l'émulation que sa présence parut exciter parmi les travailleurs. Puis, quand le travail fut un instant interrompu pour la collation, on entoura le vieillard; il eut pour tout le monde, pour les enfants en particulier, un sourire bienveillant, des paroles affectueuses.

« Eh bien! mon ami, le bonheur et la paix dont tu as été charmé sont les bienfaits de cet excellent homme, les fruits de ses bons exemples et de sa vigilance. Ces dons inestimables de foi, de concorde, de pieuse docilité, de force et de constance, dont le tissu réalise la plus grande perfection du bonheur terrestre, tout cela, pour la famille de nos voisins, repose, depuis tantôt soixante ans, sur cette tête chargée maintenant de quatre-vingt-seize hivers. Ah! mon ami, que la face d'un vieillard est auguste, que sa voix est pénétrante, et combien il attire de bénédictions sur sa famille, lorsqu'il a passé en faisant le bien dans la simplicité de son cœur; lorsque, sur son front sillonné par l'âge, on retrouve encore les traits les plus délicats de l'enfance, ceux qui se traduisent par ces mots : simplicité, droiture, innocence ! »

————

# LE COTONNIER

Parmi les plantes utiles, il en est peu dont la fleur soit aussi agréable que celle du cotonnier. Élégante simplicité, suavité de contours, délicatesse de nuance, attitude gracieuse : tels sont les mérites de cette fleur, dont les jardins aimeraient à se parer, si son utilité n'avait marqué sa place dans les champs. La plante est aussi très-remarquable, au moment où elle laisse éclater sa riche capsule pour se couronner d'un panache aussi blanc que la neige. Originaire des pays chauds, le cotonnier ne dépasse guère le quarantième degré de latitude. Le cotonnier herbacé se rencontre en Italie, dans le voisinage du Vésuve, où il est cultivé en plein champ avec succès.

Un enfant qui n'avait jamais vu de cotonniers en aperçut un que le hasard avait semé au bord d'une prairie.

« Oh! que c'est joli! s'écria-t-il; et il cueillit les fleurs les plus fraîches pour en faire un bouquet. Un second cotonnier s'étant rencontré, il le mit encore à contribution, et de même pour un troisième.

Mais, continuant sa promenade champêtre le long des sentiers errants, il eut occasion de côtoyer pendant dix minutes un champ tout rempli do cotonniers en fleur; il cessa bientôt de faire attention à la gracieuse plante, et jeta son bouquet avec la plus complète indifférence.

Tel serait le sort des plus belles fleurs de nos jardins, si elles s'offraient partout et sans relâche à nos regards. Tel est l'effet de tous les biens terrestres, pour ceux qui vivent dans une inaltérable abondance; aussi faut-il, à tout prix, créer des raretés à leur usage, pour qu'ils ne soient pas plus indigents de jouissances que les indigents eux-mêmes.

Tel est aussi le sort des saillies de l'esprit, des grands éclats de l'éloquence, des sublimes essors de l'imagination. Que ces belles choses viennent çà et là émailler le discours, saisir, entraîner les âmes, elles nous trouveront disposés à les accueillir dignement; mais si elles forment le fond même et le tissu d'un livre ou d'une harangue, il n'en résultera qu'un étourdissement confus, et la plus fatigante monotonie.

# LES

## BEAUX CHEVEUX DE MADELONNETTE

On connaît, au moins dans le Bocage, ces cabanes faites de branches à peine élaguées qu'on a plantées côte à côte, puis enduites d'argile dans leurs intervalles. Le sabotier, architecte et ouvrier de ces sortes de demeures, élève sa loge à peu près comme le Bédouin dresse sa tente. Là où se voyait, au matin, la terre couverte de mousse ou de feuilles mortes, vous trouvez le soir une maisonnette qui envoie dans les airs la fumée de son foyer, et que peuple ordinairement une famille patriarcale. De tous les individus qui composent cette famille, aucun probablement ne mourra au lieu où il est né ; il n'en est pas deux dont les naissances soient inscrites aux mêmes archives, dont un même cimetière attende les dépouilles mortelles. Dès que le sabotier a achevé de réduire en sabots ou en charbon le lot de bois dont il s'était rendu acquéreur, sans excepter les matériaux de sa propre maison, il charge son mobilier sur une charrette d'emprunt, que traîne ordinairement un seul cheval ; et bientôt les habitants de quelque vallon sauvage, situé à dix lieues de là, sont avertis de son arrivée par le bruit que font en tombant les vieux hêtres qui, dès demain, s'appelleront des sabots. Nous avons entendu le sabotier se donner le titre d'*artiste*, parce que, disait-il, le goût et le coup d'œil le dirigent seuls dans son travail. Artiste ou artisan, le sabotier s'applaudit avec raison d'exercer un *état propre*. Il ne se salit ni par les objets qu'il touche, ni par la poussière des routes battues, ni par le séjour des bourgades infectes ou des immondes banlieues, ni par la servilité de ses relations avec qui que ce soit. Il est l'homme de la nature ; c'est pour lui que chantent les oiseaux et qu'ils pondent au

haut des arbres, pour lui que l'écho fait en-
tendre sa voix et que le vent mugit dans les
rameaux élevés, sans agiter sa demeure. La
chasse et la pêche sont ses délassements fa-
voris. On lui conteste, il est vrai, la sobriété ;
mais, à coup sûr, il est laborieux. Ne pouvant
se lier d'amitié profonde avec les voisins
d'un jour que le hasard lui donne, ni s'af-
fectionner longtemps aux objets extérieurs,
il n'en est que plus fortement attaché à sa
famille et à son foyer. Nul n'est mieux placé
que lui pour envisager la terre au point de
vue du philosophe chrétien, non comme la
vraie patrie, mais comme un lieu de passage,
plus propre à porter des tentes que des châteaux ou des palais.

Lorsqu'il plaît à l'artiste divin qui a créé
l'univers de décorer le monde de quelque
chef-d'œuvre nouveau, rarement l'expose-t-il
aux regards dans le palais des rois, ou dans
les salons de l'opulence. Plus souvent il le
cache sous le chaume ou lui donne pour abri
l'asile obscur d'un artisan.

Témoin Madelonnette au cou blanc et flexible, tressant ses beaux cheveux devant l'informe débris de glace incrusté dans la cloison d'argile de la loge paternelle. Que de vie, que de jeunesse, et pourtant que de candeur et de modestie dans ses yeux bleus ! A quel sentiment honnête et délicat ne répondent-ils pas, avec leur vivacité tempérée de douceur et de timidité ! Elle ne sait pas que ses dents valent un trésor, et que son sourire possède la puissance d'irradier toute une existence aussi forte, aussi énergiġue que la sienne est frêle et délicate. Et sa taille !... A chaque nouvelle attitude qu'elle prend sans y songer, ne vous semble-t-il pas que la dernière est toujours la plus aisée, la plus gracieuse? Que dire de sa chevelure? Madelonnette est sans rivale en ce genre de richesse. C'est pitié de voir l'effort de ces petites mains pour contenir ce flot désordonné lorsqu'il se déroule sur son sein et sur ses épaules. Aussi sa mère lui a dit bien des fois que ses cheveux valaient un louis d'or.

Madelonnette est bien pressée ce matin : c'est demain dimanche ; avant que minuit sonne, il faut qu'elle répare le linge de toute la famille, qu'elle rajuste des talons aux chaussettes de ses petits frères, qu'elle se blanchisse une coiffe et qu'elle restitue une paire de coudes à la veste du vieux Chopin, le fidèle ouvrier de son père.

Pauvre Chopin ! Madelonnette le porte bien tristement dans son cœur depuis qu'elle a entendu ce que le sabotier a dit à la sabotière, un soir qu'ils causaient ensemble au coin du feu, croyant leur Madelonnette endormie d'un profond sommeil.

« J'en ai regret, a-t-il dit ; mais il faut à toute force que Jacques Chopin quitte l'atelier ; la main lui tremble, il ne fait plus que perdre le bois, et nous nous chauffons tous les jours avec les sabots qu'il a hachés de travers, ou percés d'outre en outre. D'ailleurs, ses outils sont usés ; sa hache ne pèse pas dix onces, à force d'aller sur la meule ; je défie que sa plane supporte encore deux repassages ; ses cuillers font pitié, et je me demande comment il peut encore se servir de son boutoir. Je ne puis en vérité lui fournir de nouveaux outils. Cela fâchera Madelonnette; mais lorsqu'on est père de huit enfants, il faut bien s'endurcir le cœur sur les misères d'autrui. Heureusement on n'est pas mauvais chrétien dans les fermes et les châteaux de ce pays; le bonhomme ne manquera pas de pain, s'il veut en demander; et je trouverai bien quelque coin de bruyère où je pourrai lui construire une maison assez vaste pour le loger avec tout ce qu'il possède. »

Le père Chopin est l'ami d'enfance de Madelonnette; c'est lui qui la portait dans ses bras à travers les halliers, à la recherche des fruits sauvages ou des nids gracieux que les petits oiseaux cachent dans la verdure naissante; c'est lui qui la rassurait contre la terreur des loups, et la réjouissait en imitant les voix diverses des animaux répandus dans la forêt; lui encore qui, pour l'amusement de sa petite amie, suspendait le cours du ruisseau et le faisait tomber en cataracte sur la roue du fragile moulin qu'il avait érigé sur la rive.

Madelonnette a dix-huit ans aujourd'hui ; elle sent que l'avantage de la force et de l'adresse a passé de son côté ; elle s'est faite la protectrice du vieillard ; elle a des regards de tendresse pour sa tête vacillante, pour son pauvre dos voûté, pour ses mains noueuses et tremblantes. Tout cela lui est devenu plus cher encore depuis que cette caduque existence est promise à la misère. Mais comment désarmer l'inflexible volonté paternelle ? Caresses, sourires, regards suppliants, tout a échoué contre cette fatale objection :

« Je regrette certainement mon pauvre Jacques ; mais puis-je, en vérité, fournir de nouveaux outils à un ouvrier qui n'est guère moins usé lui-même que sa hache et son boutoir ? »

Bien des fois Madelonnette s'est arrêtée à méditer profondément sur le destin de ces tristes outils, si bien identifiés avec leur vieux maître, que sa main a creusé son empreinte dans leurs poignées et qu'ils sont tous difformes comme lui. Avec quelle précaution le bonhomme les dirige ! Que de temps, que d'adresse et de fatigue il dépense pour en obtenir encore un service utile, sans compromettre leur durée! Cependant la catastrophe est imminente; car la meule n'a plus rien à mordre, comme l'a justement observé le sabotier.

Madelonnette est triste et rêveuse; la sabotière s'en est émue; elle a vu les larmes de l'enfant couler en abondance au moment où elle peignait ses beaux cheveux, et pour la distraire elle vient d'accorder un petit voyage à la ville voisine.

Mais d'où vient l'ardeur avec laquelle cette jeune fille si sage, si soumise et si bien maîtresse de ses innocentes passions, a sollicité cette faveur? La sabotière s'en inquièterait sérieusement, si les sollicitudes de sa nombreuse famille lui en laissaient le loisir.

Madelonnette va donc voir la ville, ou plutôt la ville va voir Madelonnette pour la première fois. Nous ne dirons pas combien de regards avides s'arrêtèrent sur la jeune fille dès les premiers pas qu'elle hasarda sur le pavé de la rue. Quoiqu'elle se fût promis de tout voir et de beaucoup raconter à son retour, elle ne vit rien, n'osant lever les yeux. Nous ne dirons pas non plus les artifices et les ingénieuses inventions dont elle se servit pour tenir secrètes et mener à bonne fin les petites affaires qui l'appelaient en ville. Il suffit de dire qu'elle fut beaucoup plus joyeuse au retour qu'au départ, comme il arrive quand on a réussi dans une entreprise douteuse et difficile, objet d'une pénible inquiétude.

Revenue à elle, elle s'empara mystérieusement du père Chopin, qui, se faisant petit dans un coin du foyer, se livrait en silence à de tristes méditations; elle ouvrit un panier couvert dont elle avait eu soin de se munir, et fit apparaître aux yeux du bonhomme un fer de hache, une plane, des boutoirs et des cuillers.

« Ces outils t'appartiennent, lui dit-elle; c'est moi qui te les donne. »

Le premier remercîment de Chopin fut un cri de surprise et d'admiration qui signifiait en médiocre français :

« Ah ! qu'il y a pourtant de bontés dans certaines petites âmes, et de miséricorde au ciel pour le pauvre monde ! »

Lorsqu'on eut allumé la lampe dans l'intérieur de la loge, Madelonnette s'empressa de vaquer aux petits travaux qui étaient d'ordinaire son partage. Mais, hélas ! le jour s'était éteint dans un brouillard épais ; et, quelque bien empesé que fut le bonnet de Madelonnette, l'humidité de l'atmosphère l'avait complétement affalé sur sa tête. Ce que voyant la sabotière :

« Qu'as-tu donc ? lui dit-elle ; tu me fais peur ! Merci de moi ! je ne reconnais pas cette tête-là ; mais... c'est gros comme le poing. »

Madelonnette fut forcée d'avouer en pleurant qu'elle avait vendu ses cheveux.

« Vous m'avez dit bien des fois, ajouta-t-elle, qu'ils valaient un louis d'or. C'est que, voyez-vous, avoir comme ça vingt-cinq francs dans son bonnet, être riche et ne pas toucher à son trésor, c'est bien difficile. Ils m'avaient promis de m'en laisser assez pour mettre ma tête à couvert, et ils m'ont tondue comme une pauvre brebis. Ah! que les hommes sont trompeurs! Il s'en est trouvé d'assez effrontés pour m'offrir trente sous, à la place de vingt-cinq francs que je demandais, et que j'ai fini par obtenir. Un autre voulait bien me donner tout ce que j'exigerais; et puis venaient des compliments ridicules, dont il ne pensait pas un mot. Mais quand il a voulu me faire prendre son argent, j'ai bien su lui dire que mon métier était de faire des sabots et non pas de tendre la main comme une fainéante. Ah! mes bons parents, que je suis heureuse d'être de retour; et que j'aime notre loge et ses habitants, depuis que j'ai vu les gens de la ville! »

L'action héroïque de Madelonnette lui valut une forte semonce de sa mère, énergiquement corroborée par le sabotier. Elle n'essaya point de se justifier; mais elle redoubla de zèle pour faire oublier sa faute, et fut plus que jamais la servante assidue, attentive, empressée de son père et de sa mère.

Le père Chopin sembla rajeunir avec ses nouveaux outils, et fit, beaucoup plus vite qu'auparavant, des sabots beaucoup mieux faits. Il ne fut plus question de son départ.

Cependant la gentillesse de Madelonnette, jointe à ce qu'on savait de ses bonnes qualités, fit venir à la loge des jeunes gens qui n'avaient pas pour unique affaire d'acheter des sabots. Il s'en trouva quelques-uns si convenables en apparence, que le sabotier crut devoir faire envisager à sa fille l'utilité d'un protecteur et les regrets qu'elle pourrait éprouver si des occasions aussi favorables ne se présentaient plus dans la suite.

Mais la jeune fille, plus occupée que jamais de plaire à Dieu et à sa famille, répondit constamment :

« Permettez que j'y réfléchisse à loisir, en attendant le retour de ma chevelure. Les oiseaux qui chantent autour de notre loge ne choisissent-ils pas, pour former leur union et bâtir leurs nids, le temps où la nature les décore de leur plus beau plumage ; et moi, je prendrais celui où je me vois privée de mon unique parure ! »

Si Madelonnette n'emprunta pas aux oiseaux cette similitude qu'un narrateur peu exact a peut-être mise faussement dans sa bouche, elle exprima du moins quelque chose de semblable.

La suite prouva que Madelonnette avait été heureuse et bien heureuse de rencontrer un motif pour différer son mariage ; car, parmi les jeunes gens qui avaient le plus approché de son cœur, il se découvrit dans la suite de bien mauvaises natures et de bien tristes destinées. Et, chaque fois que quelque révélation de ce genre arrivait aux oreilles de la jeune fille, elle s'affectionnait encore davantage à la loge paternelle, à ses devoirs de fille, de marraine et de sœur aînée ; elle remerciait son père et sa mère de vouloir bien lui réserver sa place à l'humble foyer, comme si elle n'en eût pas été la joie et l'orgueil. Elle remerciait aussi la Providence de lui avoir inspiré le voyage si fatal à sa riche chevelure. Mais elle la remercia d'un cœur encore plus pénétré lorsque le temps lui eut rendu sa parure ; car, alors, un époux auquel sa florissante jeunesse ne s'était point attendue vint l'avertir par des signes peu douteux qu'il la voulait pour fiancée ; et l'enfant docile fut heureuse en pensant qu'elle irait à lui sous la livrée sans tache dont on revêt les jeunes vierges que ne suivent au départ ni les sanglots d'un fils, ni les larmes d'un époux.

Madelonnette perdit peu à peu les vives couleurs qui avaient orné son visage et l'enjouement qui l'avait animé ; ses yeux semblèrent grandir, et parler un langage plus touchant et plus mystérieux ; elle chercha plus souvent un appui sur l'épaule de sa mère, sur le bras de son père ; on la vit refuser, en pleurant, de prendre à son cou le plus jeune de ses frères qui aimait à s'y suspendre ; et lorsque, le matin, sous les yeux de sa mère, elle faisait effort pour mettre ordre à sa coiffure, la maigreur de ses bras, l'appauvrissement de ses formes, faisant contraste avec cette chevelure toujours riche et luxuriante, n'échappèrent pas aux regards inquiets de la pauvre femme. Un poids énorme de tristesse pesa sur le cœur du père et de la mère. Ils se reprochaient de n'avoir pas fait à cette enfant qui allait bientôt quitter la vie une existence aussi douce, aussi satisfaite qu'elle eût pu l'être dans une condition plus fortunée.

Chopin lui-même tomba dans une sorte de stupeur, lorsque ses yeux peu clairvoyants aperçurent enfin les ravages de la maladie.

« Est-il possible, disait-il, que ça périsse ainsi à la fleur de l'âge ! Un ange capable de faire bénir le bon Dieu jusque sur le seuil de l'enfer, et que le monde n'a point connu ! Oh ! non, personne ne saura jamais tout ce qu'il y avait d'excellent dans cette charmante petite créature... C'était si simple et si modeste !... O mon Dieu, prenez ma vie, et prolongez la sienne... Mais que valent mes misérables jours pour le rachat de tant de jeunesse et de dons incomparables ? Est-ce que le champignon qui pourrit à l'écart peut s'offrir pour la fleur naissante dont l'air est embaumé, et que chacun regarde avec amour ? »

Cependant Madelonnette était toujours l'auxiliaire zélée de sa mère, qui craignait de la désoler en refusant ses services. Mais souvent, au milieu de son travail, ses mains tombaient de lassitude, et elle disait avec un profond soupir : « Mon Dieu ! que je deviens paresseuse ! » Parfois encore, établie gardienne de ses frères et sœurs, elle leur enseignait à prier, à lire, à tenir l'aiguille ; mais, s'ils venaient à se mutiner et à la fuir, elle demeurait sans voix pour les rappeler, sans force pour les poursuivre ; et elle se reprochait comme un crime les accidents qui allaient peut-être leur arriver. Elle voulut achever de sa main l'habit de fête de Valentin, l'un de ses frères, admis à la première communion ; elle se rendit elle-même à l'église pour participer au divin Sacrement, et prier pour celui que toute la famille y menait en triomphe. Mais ce fut son dernier effort ; sa vie déclina rapidement. Lorsque le vent d'automne vint, avec les feuilles flétries des chênes et des bouleaux, assiéger la cabane, chacun crut reconnaître dans son infatigable sifflement la voix funèbre qui appelait la jeune fille. Se sentant défaillir, elle dit que l'existence était bonne dans la loge paternelle et qu'elle ne voulait point mourir. Mais bientôt la résignation rentra dans son âme, avec le saint viatique accompagné de miséricordieuses paroles que lui apporta sur le soir un prêtre vénérable, en bravant les frimas et l'obscurité de la forêt. Après avoir fait le sacrifice de sa vie, et dit adieu à tous les siens, elle ajouta, non sans s'interrompre bien des fois :

« Rien n'eût manqué à ma joie sur cette terre, si j'avais pu plus souvent soulager les malheureux. Ah! qu'ils doivent bénir Dieu ceux qui peuvent jouir tous les jours d'un tel bonheur! J'amasse depuis plusieurs années un petit trésor que je destinais à cet usage, sauf votre permission, mes chers parents; il vaut bien maintenant un louis d'or; prenez-le tout à l'heure, en ma présence, ou dans quelques instants, quand je ne serai plus;

mais je ne veux pas qu'il soit enfoui avec moi dans le cimetière. Distribuez-le, selon votre cœur, en recommandant à ceux qui y prendront part de prier pour vous et pour moi. Dieu saura bien me le rendre s'il daigne me recevoir parmi ses élus. C'est à un trésor semblable que j'ai dû la plus grande joie de ma vie. »

Comme elle parlait ainsi, sa main défaillante soulevait une torsade de ses beaux cheveux et les présentait en forme d'offrande. Elle conservait cette attitude au moment où s'exhala son dernier souffle. Tous ceux qui visitèrent la jeune trépassée purent la voir offrant ainsi à ses frères en indigence le seul bien qui lui eût appartenu sur la terre.

Le vieux Chopin ne put survivre à ce terrible coup, et sa tombe fut voisine de celle de la jeune fille.

Peu de temps après, la loge fut transplantée dans un autre lieu, et de nouveaux arbres grandirent à la place où la jeunesse, la beauté, la vertu avaient trouvé un asile. Les jeunes filles de la paroisse oublièrent bientôt celle qui n'avait apparu au milieu d'elles que pour prier au pied des mêmes autels et disparaître ensuite dans les sentiers de la forêt. Ses frères eux-mêmes ne conservèrent plus qu'un vague souvenir de Madelonnette et de ses bons soins; mais son nom fut inscrit au livre de vie.

Heureuse la beauté compagne de la vertu qui fleurit aussi dans la solitude, loin de la vaine louange des hommes et de leurs rétributions éphémères! Dieu aura son jour pour représenter ses élus à l'admiration des anges et des hommes.

———

# LE NID ABANDONNÉ

La neige couvrait la terre, et un épais brouillard se suspendait sous forme de givre aux rameaux des arbres. Une pauvre petite fauvette, voletant de buissons en buissons, demi-morte de froid, de faim et de tristesse, reconnut le nid où elle était née au matin d'un beau jour du mois de mai; elle reconnut aussi le ruisseau qui, dans ce temps-là, murmurait doucement au pied de la haie, et le chêne où se reposait la tendre mère avant de s'abattre amoureusement sur sa jeune couvée. Mais le feuillage touffu, mais la tendre primevère, mais le parfum de l'aubépine, que sont-ils devenus? Qu'est devenu le délicieux duvet qui réchauffait la jeune famille dans son berceau, et multipliait, en quelque sorte, le contact du sein maternel? Une neige glacée tapisse maintenant la couche déserte, et, tout alentour, les paillettes qui s'en détachent brillent comme des dards meurtriers sous le cristal qui les enveloppe. A cette vue l'oiseau murmura sa touchante élégie :

« Où es-tu maintenant, tendre mère dont la sollicitude avait environné de tant de douceur l'asile de notre jeune âge? Quelle délicieuse chaleur nous puisions dans ton sein ! et de quelle joie tu remplissais nos cœurs lorsque, après l'absence, ta douce voix nous annonçait ton retour! Nuits délicieuses, passées tout entières sous l'aile maternelle, que de regrets votre souvenir éveille en moi! Ah! l'adieu du soleil n'était pas, comme aujourd'hui, le signal de la douleur et des mortelles angoisses !

« Feuillage odorant, qui nous cachais aux regards indiscrets, et qui semblais t'animer au bruit de nos chansons, où est maintenant ton doux abri?

« Amour de mes frères et de mes sœurs,

jeux charmants, objets des regards complaisants de la nature entière, premiers essors encouragés par les chants maternels, qu'êtes-vous devenus?

« Ah! bonne mère, source et témoin de notre bonheur, est-il possible que nous ayons été si prompts à te fuir? Quelle était notre erreur, et quel étrange bonheur rêvions-nous loin de tes regards! »

Et plus d'une fois, pendant ce triste hiver, la fauvette revint gémir au bord de son berceau. Un jour, elle rencontra sur la branche une de ses pareilles, plaintive comme elle, et mourant de froid.

« Vous semblez connaître ce nid, lui dit-elle : est-ce qu'il vous rappellerait aussi de doux souvenirs?

— J'y suis née.

— Vous y êtes née! Dieu soit loué! je retrouve une sœur! Aimons-nous comme autrefois. »

Et les deux petits oiseaux, charmés de se confier leurs joies passées et leurs peines présentes, se mirent à voltiger de compagnie, et, la nuit, ils se serraient l'un près de l'autre pour lutter contre le froid qui donne la mort. Et, quand reparut le printemps, ils bâtirent sous le même chêne les berceaux de leurs jeunes familles.

Après l'amour de notre mère et les joies pures de l'enfance, s'il est encore quelque chose qui puisse nous réconcilier avec la vie, nous en adoucir l'amertume, c'est un sincère et vertueux ami.

# L'HIRONDELLE

C'est une touchante habitude que celle de l'hirondelle revenant chaque année, avec les beaux jours, se poser sur le toit qui lui donna la première hospitalité. On s'affectionne involontairement à ce petit oiseau si confiant et de mœurs si douces, qui semble lui-même nous aimer. En s'y affectionnant, ne semble-t-il pas que l'on corresponde aux vues bienfaisantes de la Providence, par qui nous est envoyé ce petit ami, on pourrait dire aussi ce petit serviteur? L'hirondelle nous sert utilement en débarrassant nos demeures des insectes nombreux dont elles sont assiégées.

C'est avec un plaisir facile à comprendre que nous avons rencontré, sur le Nil, l'hirondelle voltigeant autour des grottes qu'elle se creuse dans le sable de la rive; elle se disposait à quitter les sphinx et les sombres palmiers pour nos riants paysages; et volontiers eussions-nous envié ses ailes légères.

Une hirondelle née française était partie des rivages du Nil pour retourner aux lieux de sa naissance. Sur le point d'atteindre le manoir antique où elle a vu le jour, elle cède à la fatigue, et s'abat sur l'église du village. Un tombeau qu'elle ne connaît point encore s'élève dans le cimetière; elle s'en approche, et reconnaît qu'on y a déposé, au commencement du dernier hiver, le bon vieillard auquel elle allait demander l'hospitalité accoutumée.

« Ah! dit-elle, ceci nous commande la prudence : qui sait si notre digne hôte a laissé des enfants semblables à lui? Au temps où nous sommes, on est bien enclin à répudier l'héritage paternel en tout ce qui ne porte aucun profit; l'hirondelle elle-même, malgré le bonheur dont elle apporte le gage au toit qui la protége, a de cruels ennemis. Notre nid suspendu aux murailles choque, dit-on, le goût délicat des hommes d'aujourd'hui; les jeunes gens aiment à faire briller leur adresse en nous envoyant la mort au haut des airs, où notre essor hardi annonce les beaux jours. »

La prudente hirondelle reprend sa course interrompue, et bientôt elle voltige au-dessus du manoir. Rien n'est changé ; les mêmes figures vont et viennent autour de l'habitation, sont répandues dans les champs, animent la ferme et ses alentours. La maisonnette du garde-chasse n'a pas changé d'habitants. Le vieux serviteur décoré du titre de concierge depuis que ses infirmités le condamnent au repos, est encore là se chauffant au soleil, et conversant avec Castor, le modèle des bons chiens, invalide comme lui. La chapelle domestique voit entrer et sortir, aux heures accoutumées, le grand-oncle maternel, qui fait office de chapelain. Le logis est encore ouvert aux enfants, aux veuves, aux vieillards, à tous ceux dont les plaies, les chagrins ou le dénûment réclament des soins affectueux. Le cheval favori investi de la confiance du vieillard, et dont il se servit pour visiter une dernière fois ses voisins et ses amis, paît encore dans l'herbage. Le jeune châtelain, en habit de deuil, se promène entre sa mère vénérée et la compagne gracieuse que celui qui n'est plus eut la consolation de lui unir peu avant le dernier adieu.

« Reprenons, reprenons confiance, dit l'hirondelle; et, s'approchant de plus près, elle reconnaît sa demeure. Dieu soit béni! s'écrie-t-elle; notre hôte se survit à lui-même. Oh! non, l'homme qui respecte la mémoire de son père dans tout ce qui rappelle ses vertus, ses affections et ses habitudes, dans ceux qui l'ont servi ou qui bénirent ses bienfaits, cet homme ne saurait être cruel pour une innocente créature qui fut aussi l'amie de la maison. »

Ah! si l'héritier d'un beau nom honorablement porté, ou d'une grande fortune généreusement employée, savait combien d'hommes attachent sur lui des regards de crainte ou d'espérance, il se garderait bien de dissiper capricieusement les biens de fortune et de renommée qui peuvent honorer sa vie et faire bénir son nom.

# LE NYMPHÆA

M. Delorme recevait à sa maison de campagne une société nombreuse et brillante; c'était le temps des vacances, seule époque où il s'appartînt à lui-même, et dont il pût profiter pour satisfaire à la fois ses inclinations mondaines et son amour de la vie champêtre.

En se promenant après le dîner, les convives de M. Delorme passèrent sur la chaussée d'un étang, où de superbes nymphæas étalaient leurs larges feuilles et leurs fleurs blanches comme des lis.

« J'aime ces fleurs aquatiques, dit Geneniève, qui ce jour-là, par la grâce de ses manières et son élégance pleine de distinction, se trouvait être la reine de la fête;

je voudrais en placer une dans mes cheveux, ce serait majestueux et coquet tout à la fois. »

Ernest, un de ces jeunes hommes dorés que les femmes admirent, et que leurs anciens camarades qualifient d'insipides; Ernest s'était laissé enlever pour un instant l'honneur de donner le bras à Geneviève; mais il la suivait de près et ne perdait aucune de ses paroles.

Comme si quelqu'un eût dû lui disputer l'honneur de conquérir le nymphæa, il quitte brusquement la société, plante là une douairière qu'il avait au bras, se jette dans un batelet attaché à la chaussée, et, prenant une canne pour aviron, pousse vivement le frêle esquif vers les charmantes fleurs. Mais, hélas! le pilote était inhabile, l'eau profonde, et l'aviron trop court de moitié. Ernest, déjà loin de la chaussée par l'effet d'une vigoureuse impulsion première, fait mille efforts, essaie mille manœuvres; le bateau n'obéit qu'au vent contraire et au caprice de l'eau. Enfin, il va se jeter dans un pêle-mêle d'herbes traînantes qui l'enlacent dans leurs inextricables filets.

Ernest, déconfit, penaud, pâle de colère, est salué par les rires de la société, auxquels se mêlent les cris de deux ou trois étourdis qui de leur plus grosse voix le hèlent et lui commandent d'absurdes manœuvres. Cependant il veut encore faire bonne contenance et dissimuler son inquiétude; mais à l'instant où il se penche en étendant la main pour saisir au moins une fleur de nymphæa, le bateau chavire, et notre homme, debout sur la tête au fond de l'étang, fait avec ses bottes des signes de détresse aussi pitoyables que ridicules. Fort heureusement il y avait là un bas-fond, et toute la difficulté pour Ernest était de se dépêtrer du milieu des herbes. Il y réussit, en donnant à l'assistance le plus burlesque des spectacles. Après quelques inquiétudes manifestées par les dames, on eût la satisfaction de voir le galant cavalier sortir de l'étang parfaitement rafraîchi, et semblable à un coq qui a fait sentinelle sous une pluie d'orage. Accueilli par un joyeux hourra, il ne fut plus tenté de s'improviser navigateur pour cueillir la fleur du nymphæa.

Si pareille disgrâce lui fût arrivée en disputant un homme à la mort, on eût, avec justice, exalté son dévouement, et la gloire lui fût venue par la même voie qui le conduisit très-légitimement au ridicule. Mais, dans ce cas, eût-il trouvé en lui-même cette ardeur qui devance tout dévouement rival? nous voudrions en être persuadé.

Réservons notre héroïsme pour les occasions qui admettent l'héroïsme. En marchant d'un pas solennel à un but frivole et misérable, on n'appelle sur soi que le mépris et le ridicule.

———

# LE PORT DE LETTRE

M. Franroy était un des plus riches propriétaires de province ; mais il vivait au milieu de tous les dons de la fortune sans y attacher son cœur, estimant la richesse à l'égal de ces faux amis qui vous caressent, vous flattent, se font vos serviteurs, vos complaisants jusqu'à la bassesse, et n'ont pas le plus petit mot à votre service au moment où vous allez vous dégrader par une action honteuse, vous perdre par l'excès de votre présomption ou de votre aveuglement. M. Franroy tenait surtout à n'être pas moins homme que les autres hommes, c'est-à-dire moins fort et moins énergique que les forts et les énergiques, moins laborieux que les laborieux, moins sobre que les plus sobres, moins patient et moins juste que les plus patients et les plus justes, moins sévère à lui-même que les plus sévères. Il voulait sa part de tout malaise et de tout labeur inhérents à la condition commune de l'humanité, de toute privation, de tout péril imposés à l'homme dont la fortune n'a pas fait son favori. Il se serait cru dégénéré, s'il eût senti décroître dans la mollesse son aptitude à supporter les intempéries de l'hiver, ou les ardeurs de l'été, ou les fatigues d'une longue marche à travers les monts et les vallées. Aussi ne se passait-il pas un seul jour sans qu'il remportât, sur lui-même et sur son opulence, quelque nouvelle victoire. Un tel homme devait être bienveillant et charitable.

Le mois de janvier avait couvert la terre de frimas. Obligé, par les lois de la politesse, de faire compagnie à quelques voisins qui l'avaient visité, M. Franroy avait passé au coin du feu presque toute la journée; il fut libre enfin vers le soir, et, quoique la neige tombât en abondance, la honte d'une journée employée à des jeux inutiles et à de frivoles discours vint le saisir comme un remords, et le chassa de la maison. La ville était à une lieue de son château, sur une éminence qui recevait en ce moment les derniers rayons d'un soleil éteint et glacé. M. Franroy tourna ses pas de ce côté, non sans avoir mis dans son portefeuille une sorte de papier-monnaie bien connu du boulanger, du marchand de combustibles, et de divers autres fournisseurs. C'était à l'aide de ces lettres de change qu'il répandait ses bienfaits autour de lui, lorsque l'aumône ne consistait pas en services personnels d'un plus grand prix.

La nuit était déjà sombre, lorsque M. Franroy atteignit les faubourg de la ville. En passant devant les chétives demeures du quartier indigent, il eut, une fois de plus, occasion d'apprécier la mission réparatrice imposée aux possesseurs de la richesse. La vie privée du pauvre est peu abritée contre les regards indiscrets ; lorsque, le soir, il allume son huile ou sa résine, ni rideaux ni volets n'empêchent les passants d'observer l'intérieur de famille éclairé par ce pâle luminaire. M. Franroy s'arrêtait quelquefois à ce spectacle, non par curiosité, mais uniquement pour éclairer sa bienfaisance. Nous ne dirons pas ce qu'il voyait ainsi, ni l'ingénieuse discrétion de ses bienfaits.

Pour donner un but à sa promenade, il alla prendre, au bureau de la poste, les dépêches à son adresse. Une pauvre femme y vint aussi, conduite par l'espoir d'y trouver une lettre de son fils. Lorsqu'elle se fut nommée :

« Un franc pour le port, dit sèchement l'employé de la poste, en jetant de côté la lettre désirée.

— Monsieur, répondit la bonne femme, je n'ai que dix sous ; mais, dès que j'aurai gagné les dix autres, je vous les apporterai.

— Alors seulement vous aurez votre lettre.»

La pauvre mère se retirait en pleurant. Mais M. Franroy avait entendu la réponse de l'employé.

« Monsieur, dit-il, veuillez délivrer cette lettre : voici un franc pour le port. »

Après s'être confondue en remercîments :

« Mon bon Monsieur, dit la pauvre femme, auriez-vous aussi la complaisance de me la lire? elle est de mon fils, qui est en garnison bien loin d'ici. »

M. Franroy s'approcha du réverbère qui éclairait le vestibule, et se mit à lire lentement, pour que la bonne mère ne perdît pas un mot du souvenir de son fils.

« Juste Ciel ! s'écria-t-elle en forme d'interruption à l'endroit le plus intéressant de la lettre ; il faut que ce bon monsieur connaisse, dès ce soir, le danger dont il est menacé.

— Ne vous troublez pas, dit le lecteur, j'en fais mon affaire ; et il relut à voix basse ce qui suit :

« Vous connaissez de réputation Pierre « Sabouleux, ce garnement qui feignit une « folie furieuse pour échapper à la conscrip- « tion. Personne, pas même M. le maire, « n'osa le démasquer. Il paraît que M. Fran- « roy fut plus hardi ; il crut sans doute ren- « dre service au pays en le débarrassant de « ce vaurien ; du moins Sabouleux s'en prend « à lui du mauvais succès de son stratagème.

« Eh bien ! ma pauvre mère, ce coquin

« vient de déserter avec armes et bagages, et
« je sais qu'il a dit à quelques mauvais drôles
« de la compagnie : « Vous entendrez bientôt
« parler de moi ; malheur au gredin qui m'a
« dénoncé ! Je lui garde mon premier bon-
« jour. » C'est que, voyez-vous, ce Sabouleux
« est capable de tout ; il tient à honneur de
« faire toujours plus de mal qu'il n'en pro-
« met. Il faut avertir M. Franroy. »

— Soyez tranquille, reprit le lecteur, il est
déjà averti ; gardez bien votre lettre. »

M. Franroy entra chez un ami qu'il avait
à la ville, emprunta une paire de pistolets,
et voulut prendre congé. Mais l'ami, soupçon-
nant quelque péril, et ne pouvant retenir le
visiteur, s'arma d'un fusil, se fit suivre d'un
chien de forte race, nommé Tamerlan, et
déclara à M. Franroy qu'il l'accompagnerait
et coucherait au château.

Chemin faisant, les deux amis s'expliquè-
rent.

« J'attacherais peu d'importance aux me-
naces de ce mauvais sujet, dit M. Franroy,
si elles ne coïncidaient avec un fait assez

étrange dont j'ai été averti il y a quelques heures. Il existe dans mon bois, tout près du château, une loge de charbonnier abandonnée depuis peu de temps. On s'est aperçu que quelqu'un y avait allumé du feu la nuit dernière, et s'y était couché sur un amas de feuilles sèches ; on a même ramassé à terre un bouton de cuivre qui porte le numéro d'un régiment de l'armée. J'avais à peu près oublié tout cela ; mais maintenant je dois en tenir compte. »

Il existait près du château un étang assez spacieux, et, lorsqu'il gelait bien fort, on abrégeait le chemin en traversant la pièce d'eau sur la glace. Il y avait même, depuis quelques jours, un sentier tracé tout exprès dans la neige, et visible encore, malgré l'obscurité de la nuit. Les deux amis s'y engagèrent. Mais Tamerlan, qui les précédait, poussa un hurlement, se replia sur eux et sembla vouloir leur barrer le chemin. Ils remarquèrent alors que la glace avait été sciée au milieu du sentier et laissée en place pour dissimuler le précipice. Évidemment il y avait là un piége tendu depuis peu d'instants ; le coupable devait être embusqué tout près de là, attendant le succès de l'entreprise. On eut recours à l'instinct courageux de Tamerlan, et bientôt ses hurlements acharnés annoncèrent qu'ils étaient sur la trace du scélérat. Voyant qu'il allait avoir affaire à forte partie, Sabouleux voulut fuir ; mais, obligé à tout moment de se retourner pour faire face aux terribles attaques du molosse, il fut bientôt à portée des deux amis ; ceux-ci, après avoir essuyé impunément le feu de sa carabine, le saisirent, le désarmèrent et le livrèrent à la justice. Ils lui eussent pardonné, si sa scélératesse profonde n'avait marqué sa place dans les prisons, parmi les plus dangereux ennemis du repos public.

Cette aventure eut du retentissement, et chacun se plut à bénir la Providence, dont la justice miséricordieuse avait permis qu'une promenade de charité et l'aumône offerte à une pauvre mère devinssent, pour le bienfaiteur de cette contrée, l'occasion de désarmer le scélérat qui avait juré sa perte.

# LA CHARRUE ET LE BOULET DE CANON

Sur le bord du torrent, non loin du lac, à quelques milles de la montagne et près de la route qui de Vérone conduit à Milan, des laboureurs ouvraient, dans une terre peu profonde, de longs et larges sillons ; et, de temps en temps, on les voyait se baisser pour arracher du sol des ossements à demi déterrés par la charrue. Quelques crânes, épars sur les sillons, indiquaient assez à quels morts appartenaient ces débris : le respect avec lequel ils étaient recueillis par les bons laboureurs l'indiquait aussi.

La charrue, avançant toujours, heurta tout à coup et mit à nu une lourde masse, semblable à un fruit de la terre : c'était un boulet de gros calibre, fort endommagé par la rouille. Troublé dans son noble repos :

« Que me veut-on? s'écria-t-il; l'ennemi a-t-il reparu dans nos champs? Mars et Bellone ont-ils élevé la voix sur les rives de nos fleuves ou sur le sommet de nos montagnes? Où sont les canons et les poudres? je suis prêt à faire mon devoir. »

Les bœufs s'étaient arrêtés; la charrue, ébréchée par le choc, avait bondi d'épouvante.

« Pardon, seigneur, dit-elle, vous pouvez rentrer dans votre repos. Ma présence en ce lieu et celle de ces paisibles animaux vous disent assez que votre heure n'est pas venue; puisse Jupiter, amant de la blonde Cérès, prolonger vos loisirs !

— Impertinente! reprit le boulet, ignores-tu donc que la gloire suit mes pas? C'est moi qui lui ouvre son chemin à travers les villes croulantes et les bataillons renversés. On admire, on redoute ma puissance.

— Personne, seigneur, ne la redoute autant que moi, dit la charrue; je l'avoue, et cet aveu fait votre honte ; car, si la gloire accompagne vos pas, l'abondance, l'estime, l'affection suivent les miens. »

Le laboureur ouvrit une fosse sur le bord de son champ, y déposa avec respect les glorieux ossements, et, ayant élevé une pyramide de gazon, plaça le projectile à son sommet.

« Sois le gardien de mon champ, lui dit-il, et puisse la terreur que tu inspires nous être, à elle seule, une défense suffisante ! Si tu sors de ton repos, que ce soit pour nous protéger, et non pour suivre l'attrait d'une gloire funeste ; alors la charrue te saluera avec respect, et la gloire la plus pure sera ton partage. »

# LE BEAU LIVRE

Eustache et Marie avaient reçu chacun un beau livre le jour d'une fête de famille. A quelque temps de là, un de leurs oncles, homme riche et généreux, très-aimé des enfants, parce qu'il se plaisait à partager leurs amusements, à inspecter leurs joujoux et à les faire parler de leurs aventures, vint visiter la famille.

Marie, qui était avide de louanges, comme la plupart des petites filles, s'empressa de montrer son beau livre, aussi frais, aussi brillant que le jour où il avait quitté la boutique du libraire.

« Voilà un bijou bien conservé, dit l'oncle ; je te fais mon compliment. Et toi,

Eustache, n'as-tu pas aussi reçu un livre semblable à celui de ta sœur?

— Oui, vraiment, mais je n'ose le montrer; il n'est plus du tout pareil à celui de Marie. »

Cependant la petite fille triomphait visiblement du contraste qui allait paraître entre les deux livres.

« Sois tranquille, dit l'oncle, qui connaissait le caractère studieux de son neveu; l'habit que j'ai sur moi n'est pas non plus semblable à un habit neuf; et cependant je n'ai pas honte de le porter, parce qu'il n'est ni taché ni déchiré.

— Eh bien! dit Eustache, mon livre est comme votre habit. » Et il courut le chercher.

L'oncle lut au dos du volume : *Mœurs des chrétiens.*

« As-tu lu ce livre avec plaisir? demanda-t-il à l'enfant; y as-tu remarqué des qualités éminentes?

— Ce qui m'a le plus charmé, dit Eustache, c'est que j'ai tout compris, et que l'ouvrage m'a intéressé d'un bout à l'autre. Je dois savoir gré à un savant homme qui veut bien se mettre à la portée d'une petite intelligence comme la mienne.

— Et tu as parfaitement raison, mon ami; et plus tu avanceras dans le cours de tes études, plus tu auras cultivé ton goût, ton intelligence, plus aussi tu aimeras la simplicité, et la clarté qui en provient. Mais tu as sans doute retenu quelque chose de ta lecture? »

Alors Eustache se mit à raconter la simplicité des premiers chrétiens, l'amour qui les unissait comme une grande famille de frères, de sorte qu'il n'y avait point de pauvres parmi eux; la force qu'ils puisaient dans cet amour sans cesse renouvelé par la participation au même banquet céleste, par une communauté parfaite de sentiments, de croyances, de dangers et d'abjection selon le monde; il mentionna le contraste merveilleux qui se faisait remarquer entre cette société naissante et le vieux monde païen, perdu de débauches, ivre d'orgueil, saturé d'erreurs, couvrant de son luxe et de ses arts inutiles les mœurs les plus corrompues, les sentiments les plus inhumains, les penchants les plus abjects qui se puissent imaginer.

Cependant la pauvre Marie s'était éclipsée, emportant son beau livre et toute honteuse de l'éclat des dorures dont il était orné ; car elle n'avait pas même jeté les yeux sur la première page, et elle fût restée muette à la plus simple question.

Disons aux hommes qui se traitent eux-mêmes comme Marie traitait son livre : Il est bon de se conserver frais et intact ; mais il faut, avant tout, s'employer à quelque chose d'utile, selon le vœu de la Providence ; il ne faut pas que les mains veloutées qui ont blanchi dans l'oisiveté croient s'avilir en acceptant l'étreinte des mains calleuses que le travail a déformées.

# LE FAGOT

Victor était un garçon très-peureux. Souvent, dans les jours si vite éteints de l'hiver, il quittait l'école du village à l'heure où le soleil se couche, et la nuit était close lorsqu'il rentrait à la maison de son père. Alors il était pâle, hors d'haleine, et tout tremblant de ses chimériques frayeurs.

Un jour cependant, au sortir de la classe, il remarqua les larmes d'un petit condisciple qui s'éloignait seul et comme à regret, quoique d'ordinaire il s'en allât joyeusement, sous la garde d'un frère plus âgé que lui. Interrogé par Victor sur la cause de ses larmes :

« Je n'ose, dit l'enfant, m'en aller seul à cette heure ; mon père est malade, et mon frère est trop occupé près de lui pour venir ce soir à ma rencontre. C'est bien dommage que nous ne fassions pas la même route. »

Et l'enfant se dirigea vers une boutique modestement assortie pour la consommation habituelle du village. Victor l'y suivit pour acheter des marrons.

« Et toi, qu'est-ce que tu achètes? lui dit-il.

— Je viens voir si l'on voudra me donner une douzaine de mottes à brûler pour les deux sous que voici. Nous n'avons plus de. bois à la maison, et voilà notre dernier liard? »

Touché de la pauvreté de son camarade, moins encore que de ses frayeurs, Victor lui dit :

« Décidément, je vais avec toi; le bon Dieu me fera peut-être rencontrer quelque bonne compagnie pour retourner ensuite chez mon père. Mais il me semble qu'à nous deux nous pouvons bien porter un fagot; cela vaudra mieux pour réchauffer le malade, qu'une douzaine de mottes. J'ai tout juste huit sous dans ma poche, et je ne saurais en faire un meilleur usage. »

Le fagot acheté, les enfants en arrachèrent la plus longue trique, la placèrent sur leurs épaules et y suspendirent leur fardeau.

Ils suaient à grosses gouttes en arrivant chez le malade. Victor, sans attendre un remercîment, s'essuya le front, et reprit à grands pas le chemin de son village, faisant de sa trique de fagot un bâton redoutable. La nuit était profonde, et l'écolier avait une lieue de bas chemin à parcourir.

C'est singulier, se disait-il à lui-même, il fait noir comme à minuit, et je me sens aussi rassuré qu'en plein jour. Il faut que le bon Dieu m'ait envoyé, sans qu'il y paraisse, cette bonne compagnie dont je parlais tantôt.

Il passa près d'une carrière abandonnée, objet habituel de ses plus grandes terreurs ; mais, loin de hâter le pas, il ramassa des cailloux et les jeta, comme un défi, aux fantômes et aux sorciers dont son imagination poltronne avait peuplé le souterrain et qui l'avaient tant de fois épouvanté. Plus loin il fit rencontre d'un camarade attardé qui, l'ayant reconnu, s'apprêtait à lui faire peur en grossissant sa voix et en excitant son chien contre lui. Mais, fort de sa bonne conscience et de sa trique de fagot, Victor mit en fuite la bête et le polisson. Bientôt il entendit la voix de sa mère, qui venait au-devant de lui pleine d'inquiétude.

« Vous avez tort, lui dit-il, de vous donner cette peine, je suis aussi exempt de frayeur que de danger. »

La bonne mère, l'ayant interrogé, apprit la cause de son absence prolongée et le bon usage qu'il avait fait de son argent.

« Je vois maintenant, dit-elle, d'où te vient tant d'intrépidité, et quelle est cette *bonne compagnie* que le bon Dieu t'a donnée sans te la laisser apercevoir; continue de faire le bien, d'éviter le mal, et toujours elle sera à tes côtés. »

Les instincts vils, les sentiments rongeurs dont tant d'âmes sont obsédées, — sentiments entre lesquels la peur est un des moins honteux, — ne se fortifient en nous que par l'absence de passions nobles et dignes. A combien de maux affreux la pratique de la bienfaisance pourrait servir de remède, si nous savions correspondre aux vues miséricordieuses de la Providence, qui de la joie donnée au malheureux a voulu faire naître, de l'autre part, une joie meilleure ; qui d'une douleur soulagée fait sortir, pour le bienfaiteur, l'apaisement de douleurs plus funestes !

Une vérité peut encore ressortir de notre récit : l'homme qui ne s'est jamais proposé un but digne de ses hautes destinées ignore ses propres forces et l'étendue de sa puissance.

# LA TABATIÈRE PATERNELLE

Malheureux sont les hommes dépourvus de mémoire, l'horizon se rétrécit incessamment derrière eux; privés du passé, ils se jettent dans les chimères de l'avenir; leur conversation est nulle, ou nourrie de lieux communs, de redites fastidieuses, d'abstractions incolores; l'affirmation leur est interdite, et, s'ils respectent la vérité, leur discours se charge et s'empêtre de formules dubitatives qui le rendent aussi stérile qu'ennuyeux. Toute affaire sérieuse leur est interdite. Sans cesse dépossédés de l'idée qu'ils voulaient mettre en action, ils manquent à leurs amis, à leurs devoirs, à eux-mêmes; et pour toute justification ils répètent, avec une sincérité injustement suspectée : « Je n'y

3*

ai pas pensé. » Plaignons les hommes dépourvus de mémoire.

M. Leblanc avait peu de confiance dans sa mémoire. Pour lui venir en aide, lorsqu'il appréhendait d'oublier quelque chose, il avait coutume de mettre, en guise de *memento*, un petit morceau de papier dans sa tabatière.

Un jour, M. Leblanc, ayant fort à se louer de la docilité de sa fille Mathilde et de ses attentions délicates pour sa mère, pour ses jeunes frères et pour lui-même, dit à cette chère enfant :

« Je vais demain à la ville ; si j'ai le bonheur de ne pas oublier ma promesse, je t'apporterai une jolie ombrelle pour remplacer la tienne, qui n'est plus de mode. Cela te fera plaisir, sans doute ?

— Grand plaisir, mon papa ; vous êtes habile à deviner les désirs de votre fille. »

Et là-dessus, M. Leblanc détacha d'une lettre un petit fragment de papier, et le mit dans sa tabatière.

Mais Casimir, frère aîné de Mathilde, avait

entendu la promesse et observé le petit incident de la tabatière.

M. Leblanc alla travailler dans le jardin, et comme il faisait chaud, il déposa son habit sur un banc que cachait un berceau de feuillage. Casimir se glissa furtivement sous le berceau, fouilla dans la poche de l'habit, prit la tabatière et en retira le papier. Puis il remit adroitement les choses à leur place. Il espérait que M. Leblanc oublierait ainsi sa promesse, et que Mathilde n'oserait la lui rappeler. C'est ce qui arriva.

L'action de Casimir était trois fois coupable : sa main, comme celle d'un espion, se glissait sournoisement dans la poche de son père ; première faute. Il abusait d'une fâcheuse absence de mémoire, sorte d'infirmité à laquelle un bon fils eût compati et fût venu en aide ; seconde faute. Enfin, cédant à une basse jalousie, il enlevait à sa sœur une récompense méritée ; troisième faute que réprouvent la probité et la justice.

Peu de jours après, Casimir manqua grièvement au respect qu'un enfant doit à sa mère ; et, pour le punir, M. Leblanc lui dit :

« J'attends, pour un des jours de cette semaine, mon ami Gérard avec sa femme et ses enfants. Tu peux compter que ce jour-là tu seras prisonnier dans ta chambre, et que ton dîner se composera de potage et d'un morceau de pain sec ; pour le coup, je n'oublierai pas ma promesse. »

En disant cela, M. Leblanc mit, selon l'usage, un souvenir dans sa tabatière. Mathilde était présente, et ne pouvait s'empêcher de louer en elle-même la sévérité paternelle si justement excitée. Le soir même on reçut une lettre annonçant pour le lendemain l'arrivée de M. Gérard. Mathilde, encore plus prévenante que de coutume, accompagna son père à la promenade, lui cueillit des fraises sauvages, lui prépara un siége de mousse lorsqu'il voulut s'asseoir, lui fit raconter les histoires de sa jeunesse, et, le voyant heureux par les témoignages de sa tendresse, lui demanda en riant une prise de tabac. M. Leblanc ayant ouvert sa boîte par forme de plaisanterie, Mathilde prit entre deux doigts le morceau de papier, et dit à son père :

« Voilà mon tabac à moi ; vous savez bien, mon cher papa, que je n'en prends point d'autre. »

Mais M. Leblanc, comprenant l'intention de sa fille, lui ordonna de remettre le *memento* dans la tabatière. Mathilde, attristée de cette sévérité, imagina un nouvel artifice. Elle cultivait, sur sa fenêtre, un pied d'héliotrope ; une seule fleur était épanouie ; Mathilde la détacha, et, profitant de l'instant où M. Leblanc puisait à son réservoir :

« Faisons un échange, lui dit-elle ; vous aimez à parfumer votre tabac avec la fleur de l'héliotrope, et moi je ne saurais me passer de ce petit morceau de papier que vous gardez si précieusement dans votre tabatière. »

Le père, désarmé par tant de bonté et de persévérance, n'eut plus le courage de résister. Casimir obtint son pardon.

Mais la mère, qui l'observait constamment avec une triste sollicitude, lui dit :

« Vois, mon ami, combien ta sœur vaut

mieux que toi. En aurais-tu fait autant à sa place ? que ta conscience réponde.

— Ma sœur, dit Casimir, est heureuse, on l'aime mieux que moi ; il lui est bien aisé avec cela d'être généreuse. »

Cette réponse était injuste et méchante : Mathilde n'avait jamais été l'objet de la moindre préférence ; elle obtenait seulement les témoignages de tendresse qu'il est impossible de refuser à la douceur unie à un heureux ensemble de qualités aimables ; encore ces témoignages étaient-ils fréquemment contenus par la crainte d'exciter l'humeur jalouse de son frère. Casimir, au contraire, était entouré des ménagements les plus délicats, tant on appréhendait d'aigrir sa bile ou de la faire déborder en l'agitant, ce qui eût été effectivement un mauvais moyen de le guérir. Père, mère, instituteur, n'appréhendaient rien tant que de se trouver dans la nécessité de sévir contre lui.

Mᵐᵉ Leblanc était avec tout le monde un ange de douceur. Elle résolut d'être encore plus angélique auprès de cet enfant désolant.

« C'est, disait-elle, un caractère dur comme l'acier ; on ne pourra le dompter qu'après l'avoir amolli à force de tendresse. »

Loin de s'irriter jamais contre Casimir, elle avait pour lui les plus douces paroles, les manières les plus insinuantes. Le reproche ne venait jamais qu'à l'instant le plus favorable, lorsque, la passion faisant silence, l'âme s'ouvre naturellement au repentir. La douce voix de cette bonne mère ressemblait à celle de la conscience même qui se réveille, aux heures du recueillement, triste et persuasive. Elle plaignait les fautes de son fils aussi tendrement que l'on plaint une souffrance imméritée. Le père s'était réservé la sévérité, mais seulement pour les occasions qui l'exigeaient absolument.

Cette lutte de la perversité contre la douceur patiente et affectueuse dura bien longtemps ; mais enfin le mal fut vaincu. Casimir sentit toute l'étendue de la reconnaissance qu'il devait à sa mère ; et il sembla vouloir donner à sa tendresse une ardeur d'autant plus vive que l'excellente femme en avait été plus longtemps privée.

Alors la tabatière paternelle n'admit plus que des souvenirs favorables de louanges à décerner ou de récompenses à offrir, et M. Leblanc ne retrouva plus dans sa courte mémoire aucune trace de ses peines passées.

# LE BOSSU

Parmi les infirmités sans nombre qui accablent l'humanité, se peut-il que les unes aient droit à notre commisération, les autres au mépris ou au ridicule? S'il n'en est pas ainsi, pourquoi rit-on d'un bossu? pourquoi plaint-on un aveugle? — C'est qu'il y a, chez le commun des hommes, un vice qu'on nomme légèreté, vice trop souvent favorisé par l'éducation, et que l'on absout avec une excessive indulgence. Nous ne saurions admettre cette indulgence, lorsque la légèreté sert d'excuse à la dureté du cœur.

Rodolphe et Henri jouaient, sous la garde de leur mère, dans un jardin public. Ils aperçurent de loin un petit homme construit de telle sorte que son dos se faisait voir par-dessus le sommet de sa tête, et que ses jambes semblaient moitié plus fendues qu'il ne convenait à sa taille. Rodolphe, en voyant se mouvoir cette vivante caricature, sentit en lui-même une maligne joie.

« Voilà, dit-il, un petit bonhomme qui a pris pour sa part un fameux paquet; je me plais à croire qu'il n'a pas beaucoup de chemin à faire de la sorte. »

Mais Henri, plus jeune, plus humain que son frère, et qui n'avait jamais vu de véritables bossus, prit au sérieux cette mauvaise plaisanterie d'autant plus spécieuse que le bossu était affublé d'un crispin qui dissimulait la nature de son fardeau.

« Pauvre homme, dit l'enfant, il n'a pas l'air fort, il doit être bien fatigué; on n'aurait pas dû le charger ainsi.

— Si tu voulais, reprit Rodolphe, nous pourrions à nous deux lui porter une partie de son bagage.

— Bien volontiers, s'écria Henri tout joyeux, pourvu que tu lui en fasses la proposition, car je n'ose lui parler. »

Et, à l'instant où le bossu passait près des deux enfants :

« Monsieur, dit Rodolphe, en saluant d'un air goguenard, voici mon petit frère qui vous trouve trop chargé ; il se fera un plaisir de porter une partie du paquet que vous avez sur le dos.

— Est-il vrai, mon petit ami ? reprit le bossu, plus touché de la physionomie ouverte et bienveillante de Henri que de l'impertinence de son frère.

— Oui, Monsieur, bien volontiers.

— Eh bien ! mon cher enfant, j'aime ta bonne volonté. Le faix est pour moi seul, je le garde ; mais ton aimable complaisance me fait plus de bien que tu ne m'en pourrais faire en partageant mon fardeau. Conserve toujours ton bon cœur, et ne ressemble jamais à ces hommes méchants dont les folles railleries et l'injuste dédain aggravent à plaisir les plus lamentables douleurs. »

## FIN

# TABLE

7552. — TOURS, IMPR. MAME